笑う門には福来《きた》る

世界迷作劇場

中高年のための小《こ》噺《ばなし》集

津田康洋

滋賀県レイカディア大学卒業生

まえがき

中高年の皆様、お元気ですか。

本書『世界迷作劇場』を読んで無理矢理にも笑ってください。

私は六十五歳の時に滋賀県の「レイカディア大学」（入学資格六十歳以上）に入学し、二年間の勉学(?)に励み、見事(?)卒業できました。

授業の中で「紙芝居」の製作と公演の練習がありました。私は、小噺を紙芝居にしました。

そして、その時のネタを自分の思い出にと、小冊子にまとめて、手作りで印刷製本していました。

今回、ボランティア活動の一環として、サンライズ出版の支援をいただき出版することとしました。

中高年の皆様が笑うことによって、「ひまつぶしの人生」に善玉菌を育成し、「ユーモア」と「ときめき」が与えられましたら、著者として幸いです。

尚、皆様が本書を購読していただきまして収益金がでましたら「青少年育成事業」に寄付します。

本書作成につきましては、紙芝居のご指導をいただきました今関信子先生やレイカディア大学地域文化学科三十五期の皆様とその関係者の方々に御礼申し上げます。

著者

だしもの　目次

前座

ときめき

右のポケットに　アイデア　を
左のポケットに　ユーモア　を
そして
心のポケットに　ときめき　を

昭和二十五年頃は
右のポッケにゃ夢がある
左のポッケにゃチュウインガム
でした

一日一善

一日一つは良いことをする

私は
一日三膳だよ

朝食
昼食
夕食

第一章　子供のころ

デジカメ

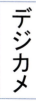

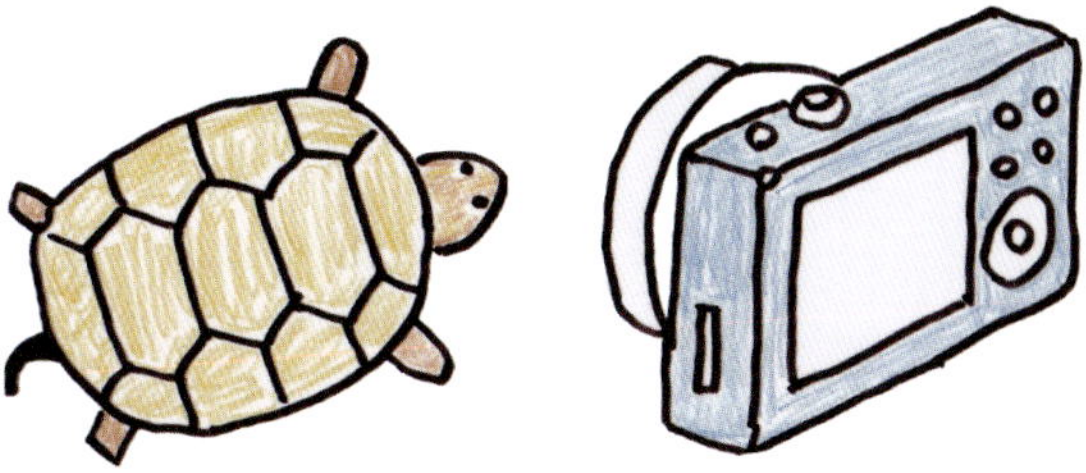

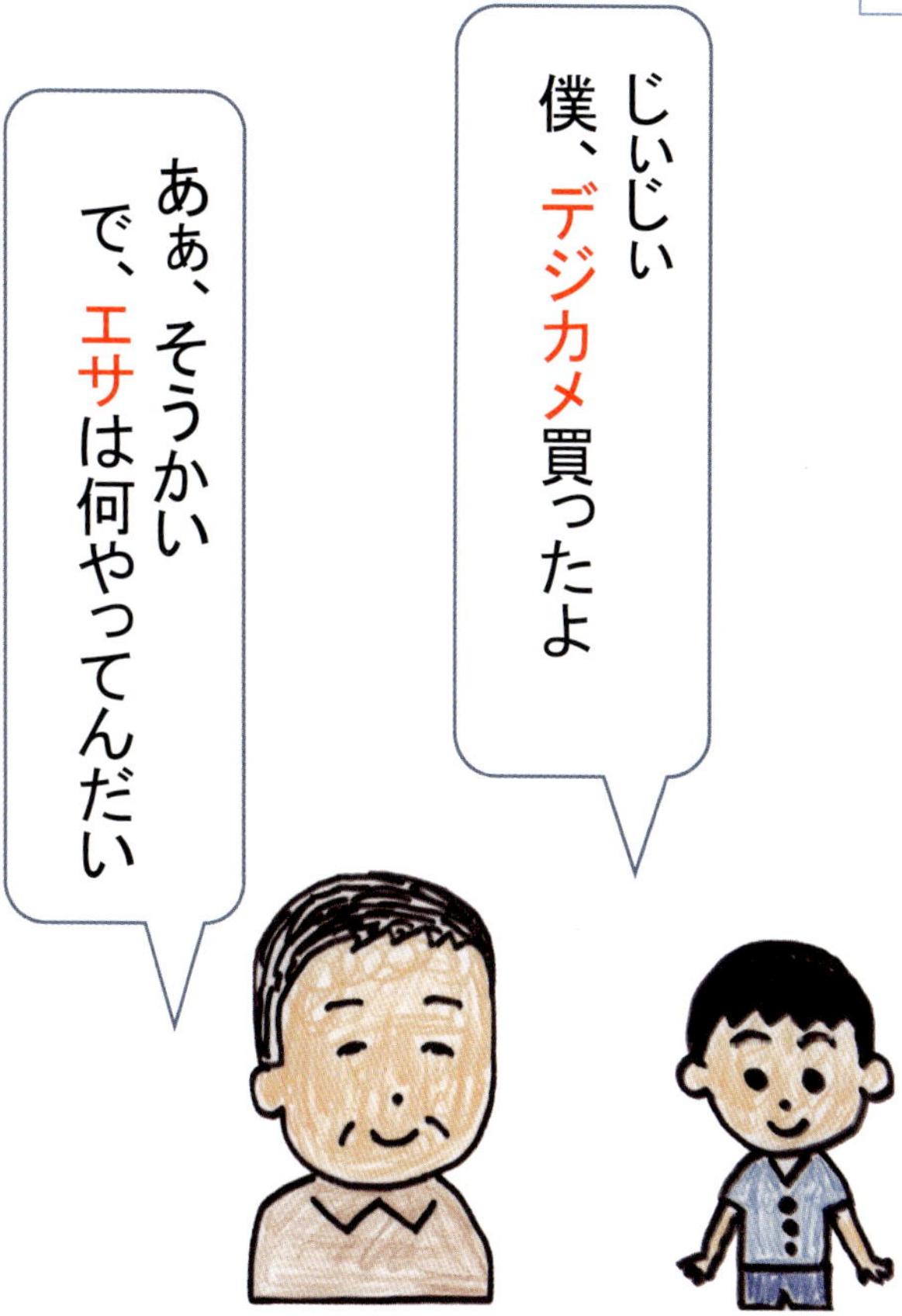
じぃじぃ
僕、デジカメ買ったよ
あぁ、そうかい
で、エサは何やってんだい

デジカメ（孫の日記）

きのう　じいじい　が
「デジカメとフイルム」を
買ってきた

きょう　じいじい　が
説明書をみながら
「デジカメ　に　フイルム　が
入らない　」　と言っていた

イケメン

孫とばぁばぁの会話

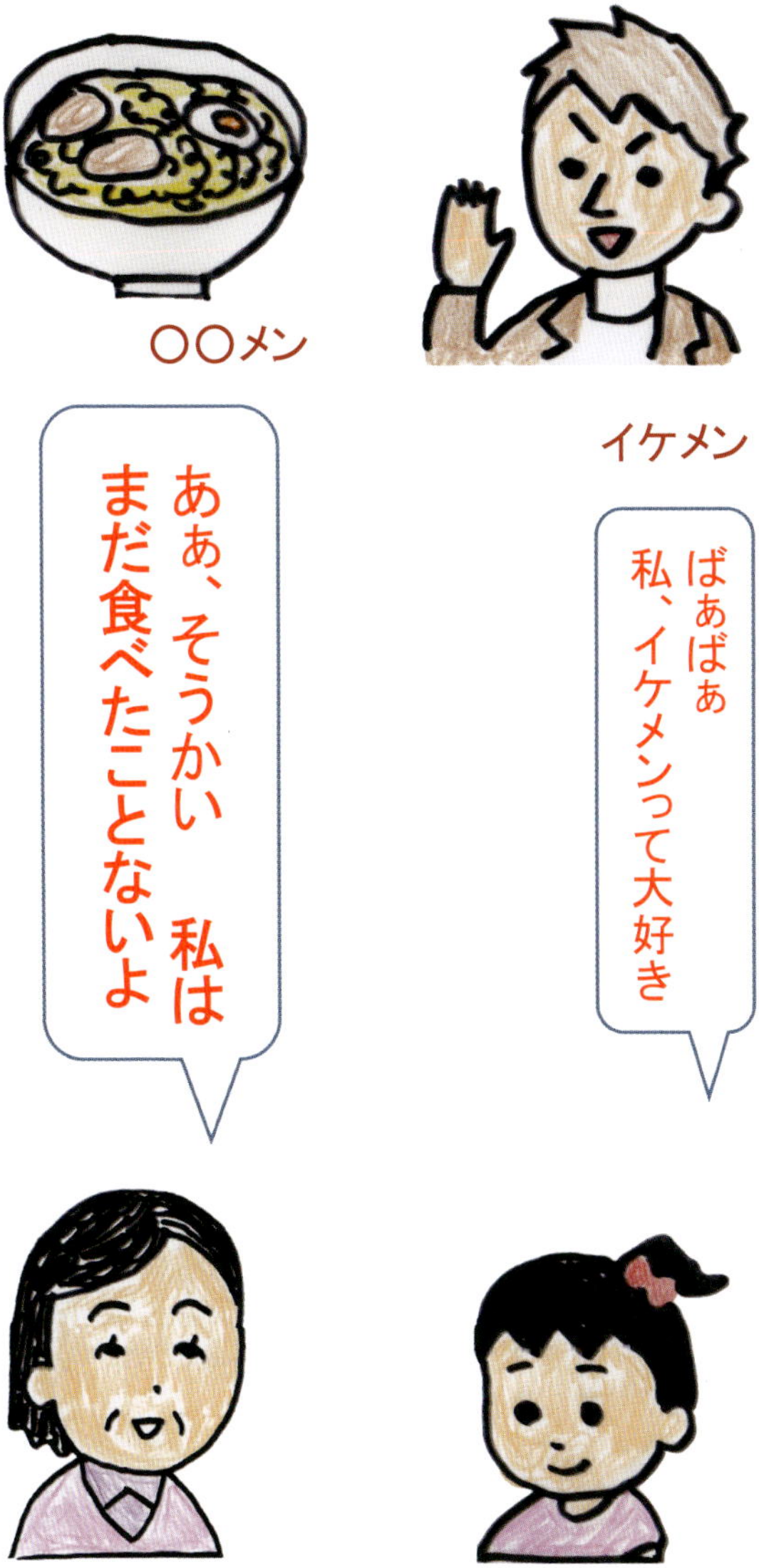
イケメン
ばぁばぁ 私、イケメンって大好き
○○メン
あぁ、そうかい　私は まだ食べたことないよ

孫の日記

きのう　じいじい　が
「ボケ防止の本」を　買って来た
今日も　同じ本を　買ってきた

ボケ防止の本

孫の日記（詐欺商法）

今日　じいじぃ　が
「詐欺商法にだまされない本」
という本を　三十万円で買ってきた

詐欺商法に
だまされない本

置き傘

学校に置き傘している息子が
雨の日にぬれて帰ってきた

どうして傘をさして帰ってこなかったの
だって、お母さんが「学校に一本置いておけ」って言ったからだよ

星

おい、お前、
何やってんだい
こんな夜中に
兄ちゃん、あのね
あのきれいな星を
落としたいんだ
何だと、星を落とすだと
馬鹿だな
星は高いところにあるんだ
屋根へ上がれ

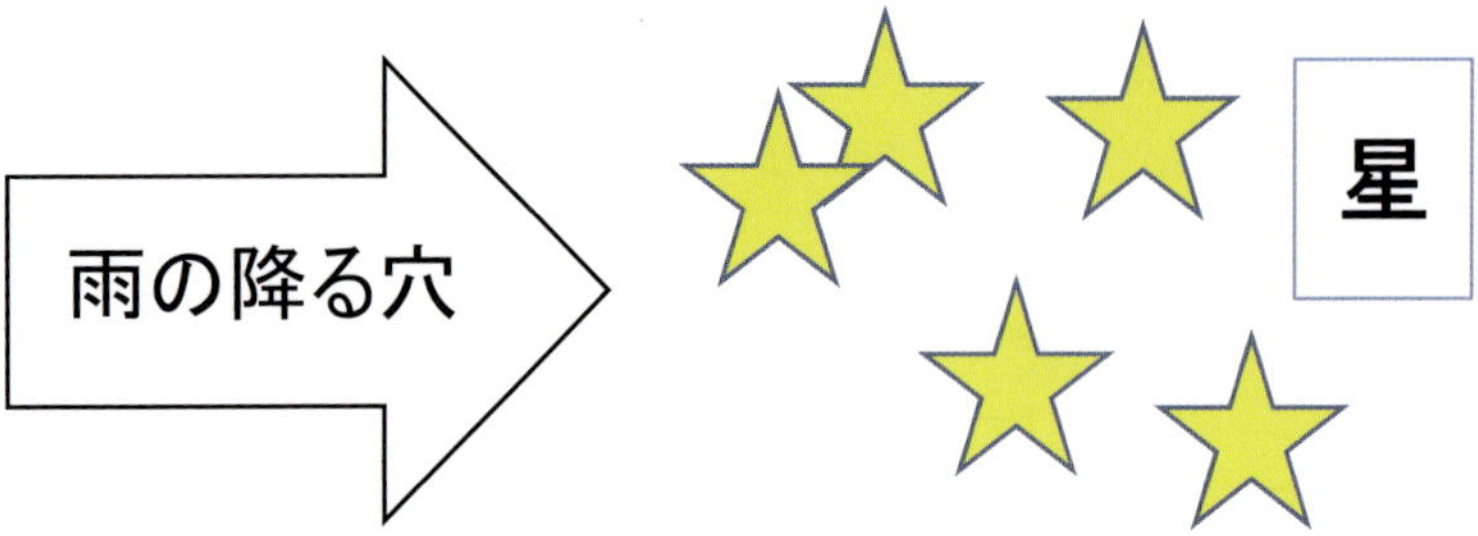
雨の降る穴
星

おい、お前、何やってんだい　こんな夜中に
兄ちゃん、あのね　あのきれいな星を　落としたいんだ
何だと、星を落とすだと　あれは、雨の降る穴だ　ツッツイちゃー　だめだ　どしゃ降りになるぜ

物の数え方（小学校の授業風景）

（先生）「本の数え方は？」
（生徒A）「一冊、二冊」
（先生）「靴は？」
（生徒B）「一足、二足」
（先生）「車は？」
（生徒C）「一台、二台」
（先生）「馬は？」
（生徒D）「一着、二着」

動物園

うちのパパは日曜日に
僕をつれて　よく出かける

ママには
「動物園に行ってくる」
と言って出かける

でも、
そこには、「馬」しかいません

けれども、大人の人がたくさん
見物に来ている

授業参観

母親　「今日の授業参観　すごかったね
　　　先生の質問に　みんな手をあげてたね」

息子　「そうだね」

母親　「みんな　先生の質問　わかってたの？」

息子　「わかっている人も　わからない人も
　　　手をあげるんだ」

母親　「どういうことなの」

息子　「わかっている人は　右手を
　　　わからない人は　左手をあげるように
　　　先生にいわれているんだ」

面接試験

（試験官）

毎日、新聞を読んでますか？

（受験生）

いいえ、うちは、読売新聞　です

面接試験

（試験官）

家業は何ですか？

（受験生）

か、き、く、け、こ

会社訪問

（人事部長）

残念ですが
求人はしていないんですよ
会社に今、新しい戦力は
必要ないんです

（就活生）

それなら、ちょうどいいです
僕は、戦力には
なりませんから

除夜の鐘（兄弟の会話）

兄ちゃん　あのね
除夜の鐘って、
なんで百八　つくの

そりゃー　おまえ
昔は百だったが　今は
消費税が入っているんだ
軽減税率が適用されれば百八
のままだが、そのうちに、
百十　つくようになるぜ

一年は十三か月

兄ちゃん　あのね
一年って、十三か月だよね
どういうことだ
一月、二月、三月、四月、五月、六月、七月、八月、九月、十月、十一月、十二月　と
お正月　で　十三か月だよね
ばかやろー
「お盆」がぬけてらー

おはじき

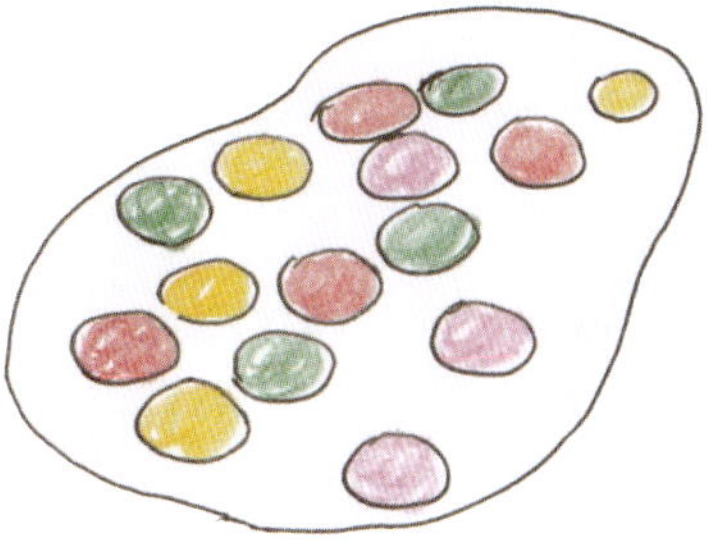

ばぁばぁが孫娘に
「おはじき」の遊び方を教えていた

それを横で見ていたじぃじぃが
つぶやいていた

いつも
はじくのは、ばあさんで
はじかれるのは俺だ

自分勝手 ①

電車のドアは入口か出口かどっちだと思う
どういうことだい
乗る時は入口だと言い、降りる時は出口だと言うんだぜ
そうだな
駅員さんがホームで放送する時は「入口」と言っているが、車掌さんが車内で放送する時は「出口」と言うんだぜ 人間って、自分勝手だよな

自分勝手 ②

自分勝手な話、もう一つ 聞くかい
なんだい
自分の「うんち」のことだが
出たものは、きたないと言うが
さっきまで、自分の体の中にあるときは
きたないとは思わないだろう
そうだな
人間って、自分勝手だよな
うんち
きたない
うんち
きたないと思わない

いただきます（兄弟の会話）

兄ちゃん　あのね
食事の前に「いただきます」
と言うのはなぜなの

そりゃー　お前
魚や動物の命をいただきます
という感謝の気持ちを
こめているんだ

そうだったのか　でもね
この前、友達のおかあさんが
学校へ来て言ってたよ
「給食費払っているのに　なんで
いただきますと言わなければ
ならないんですか」と

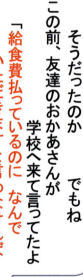

第二章　青春時代

電　車

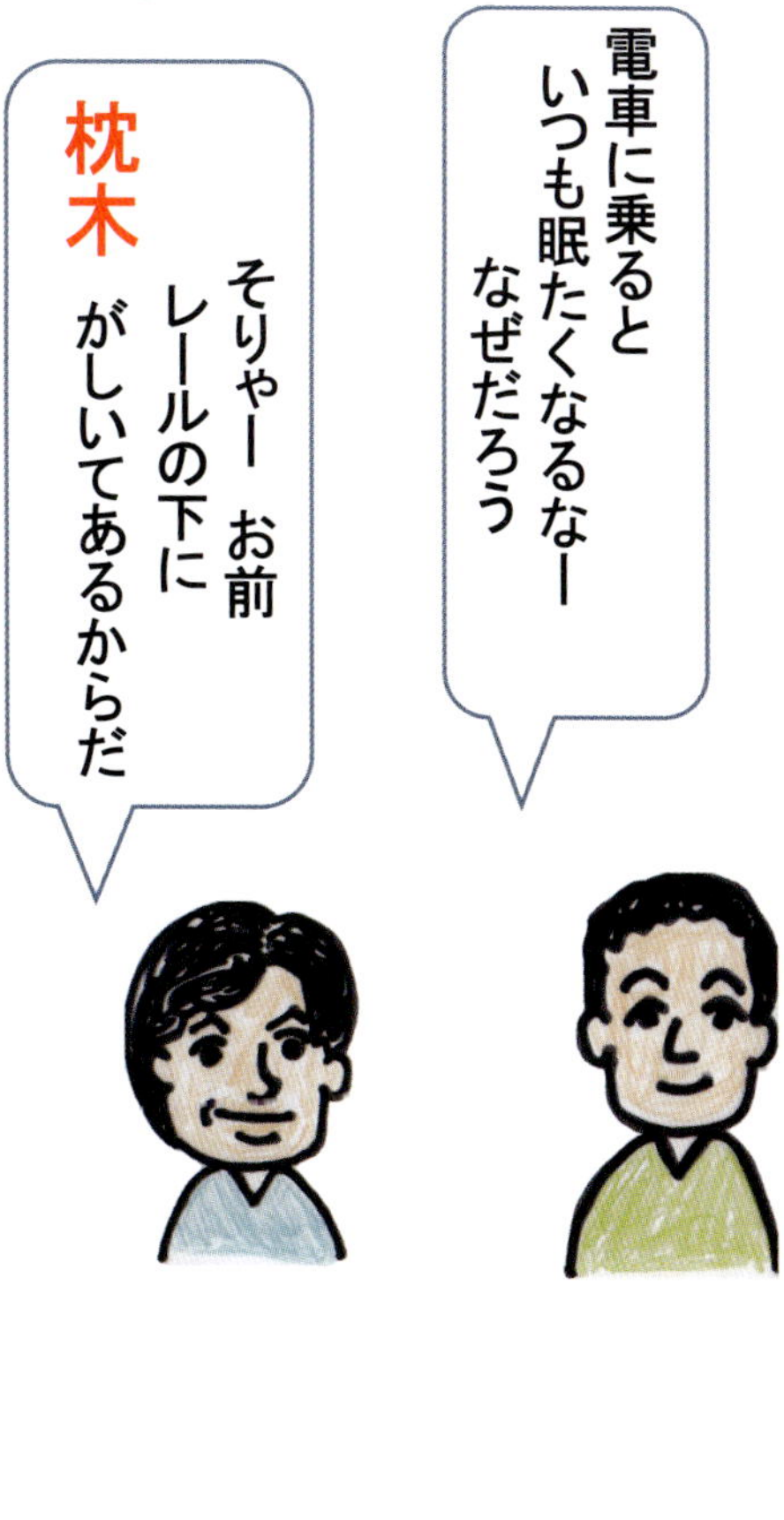

電車に乗ると
いつも眠たくなるなー
なぜだろう
そりゃー　お前
レールの下に
枕木　がしいてあるからだ

海水浴場（生命保険）

よしおちゃん
そんなに遠くで
泳いじゃだめ

何いってんだよ
パパだってあんなに
遠くで泳いでいるじゃないか

パパはいいの
生命保険に
入っているから

遊泳禁止

遊泳監視員が海に入っている男に、メガホンで呼びかけた。

「遊泳禁止の　看板が　目に入らなかったのか！
　ここは遊泳禁止だぞ！」

すると　海の中の男は、　狂ったように　手足をバタバタさせながら　叫んだ。

泳いでいるんじゃねぇー！
溺れているんだ！

そうか！それならいい

遊泳監視員

海水浴場（おぼれる）

さあ一緒に泳ぎましょ
う、うん・・・
どうしたの？まさか泳げないの？
泳ぎは得意だけど・・・
水着姿の君を見ているとますます君におぼれそうで・・・

タバコ屋の花子

ある息子が
「お父さん、話があるんやけど」
「何や」
「俺、向かいのタバコ屋の花子ちゃんと
結婚することにしたよ」
「なんだとー、 それはアカン、許さん！」
「どうして？」
「どうしてもダメじゃ」
「何でダメなんや！」
「こうなったら仕方なく白状するけど、
実はなぁ、**花子ちゃんはわしの子なんや**」
「エッ！」びっくりした息子は母に泣きついた
母は落ち着いて息子に言った
「そう、おめでとう！大丈夫よ
結婚しなさい。こうなったら白状するけど
あんたはお父さんの子じゃないから」

三兄弟（夫婦の会話）

一郎と三郎は成績がいいのに
次郎はできがわるいな
次郎は俺の子でないのではないか

だいじょうぶですよ
次郎だけは、ほんとうに
あなたの子ですよ

勝負下着

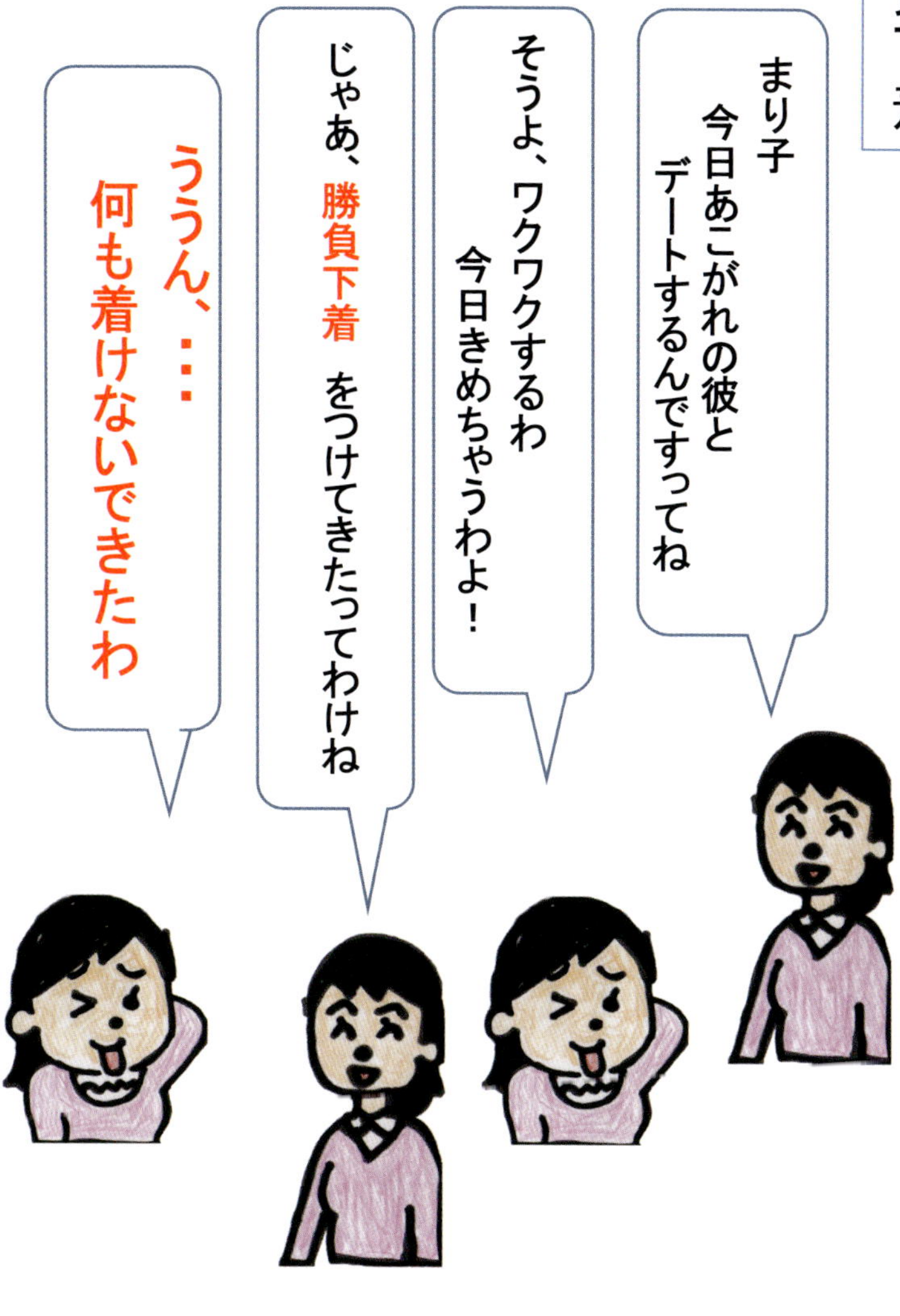
まり子 今日あこがれの彼と デートするんですってね
そうよ、ワクワクするわ 今日きめちゃうわよ！
じゃあ、勝負下着 をつけてきたってわけね
ううん、・・・ 何も着けないできたわ

木登り

今日ね、よしお君に
「木に登れたらキャンディーあげる」
と言われたので木に登ってキャンディー
もらったんだ

まあ、よしなさい
その子はただ、
あなたのパンティーを見たいだけよ

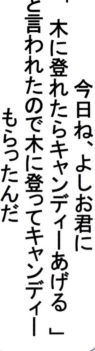

次の日
今日ね、また、木に登ってキャンディーもらったんだ
昨日、あれほどいったでしょ　その子はただ、あなたのパンティーを見たいだけだって
秘
いいの、いいの　安心して　今日は　ノーパン　で登ったの

きれいな桜

きれいなさくら
すごくきれいな桜ね
なんでこんなに美しいかわかるかい
それはね君の美しさに負けないようにしているからさ

おいしい料理

このお店の料理　おいしかったね
特に、鯉　の料理は格別だったね

そうだね
だが、君の　恋のさばき　には
かなわないぜ

おいしい料理

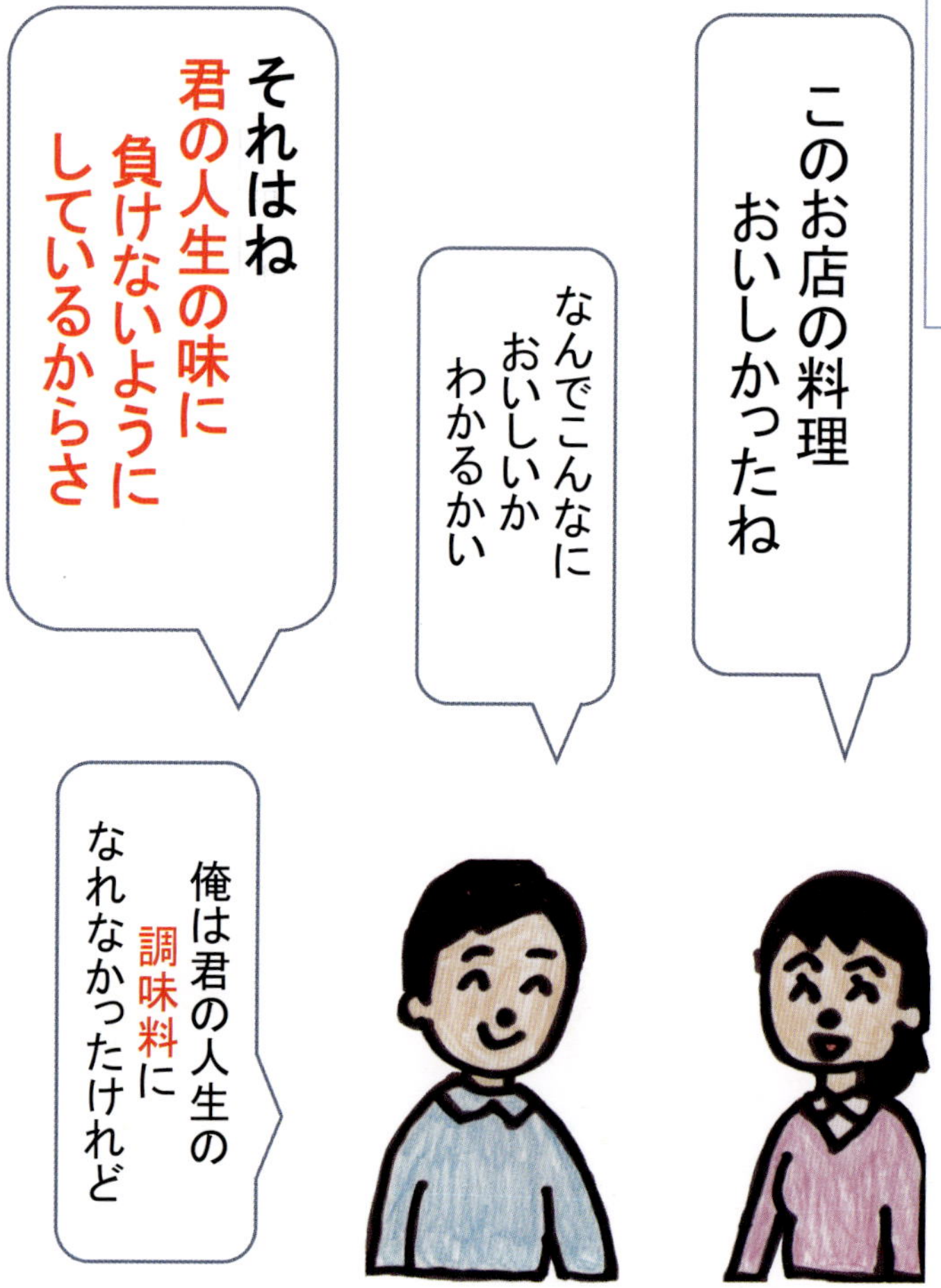
このお店の料理　おいしかったね
なんでこんなに　おいしいか　わかるかい
それはね　君の人生の味に　負けないように　しているからさ
俺は君の人生の　調味料に　なれなかったけれど

恋と愛

愛 ← 真ん中

恋 ← 下心

「恋」と「愛」の
ちがいって分かる？
それはね
真ん中に心があるのが「愛」だ
そして
下心があるのが「恋」だ

同窓会
同窓会で浮気する人は結構いるらしいね
そうだなー統計によると二割の人が浮気しているようだぜ
あなたも二割のうちなの
俺は浮気はしないぜ常に本気だぜ

夫婦円満の秘訣

「夫婦円満の秘訣は
相手を誉めることから始まる」と

晩酌人が結婚式の披露宴で
スピーチしたので、

早速　花嫁　はその夜
ベッドインが終わって、夫に

貴方って誰よりもお上手だったわ

新婚旅行

男A　「おい、お前　新婚だってのに、
　　　浮かない顔して、どうしたんだ」

男B　「実は、新婚旅行に行って彼女と一発やった後
　　　いつもの癖で彼女に
　　　三万円払っちゃったんだ」

男A　「馬鹿だなぁ、　彼女は怒ったろう」

男B　**「ああ、そしたら、**
　　　これじゃ多いからって、
　　　五千円おつりくれたよ」

家庭裁判所
もしもし、これから会ってくれない！
珍しいなぁー、あれ以来口もきかなかったのに・・
それでは、家庭裁判所で待ってます！

タバコ屋（双子の赤ちゃん）

向いのタバコ屋に
双子の赤ちゃんが
生まれたそうな
へぇー、それで
男かい女かい
そりゃー、お前
男にきまってらー
どうしてだい

タバコ屋だけに
ニコチンがあった
珍
珍
ニ コ チ ン

かくれんぼ

「子供の頃どんな遊びしてたの？」

「サッカーとか　竹馬かな
かくれんぼは　嫌いだったな
僕の人生は　ずっと
かくれんぼの　鬼をしているようだった」

「え！？」

「ずっと探して　見つからなくて　不安だった
でも、　やっと終わったんだ」

運命の人を見つけるかくれんぼ
君を、みつけた！

携帯電話

「君専用のケータイ電話を　用意したんだ
　もらってくれる？　」
「何これ？　ただの紙コップ　じゃない　」
「糸電話だよ　」
「糸（　ヒモ　）　すらついてないじゃない
　ただの紙コップよ
」
「見えないかい？
　君と僕とを結ぶ　赤い糸　」

あれから四十年

「今じゃー
『ヒモじいさん』と　呼ばれているんだ
」

第三章　中高年時代

お父さんいる？

あるお母さんが　家に電話したら
高校生の娘さんが　電話にでた

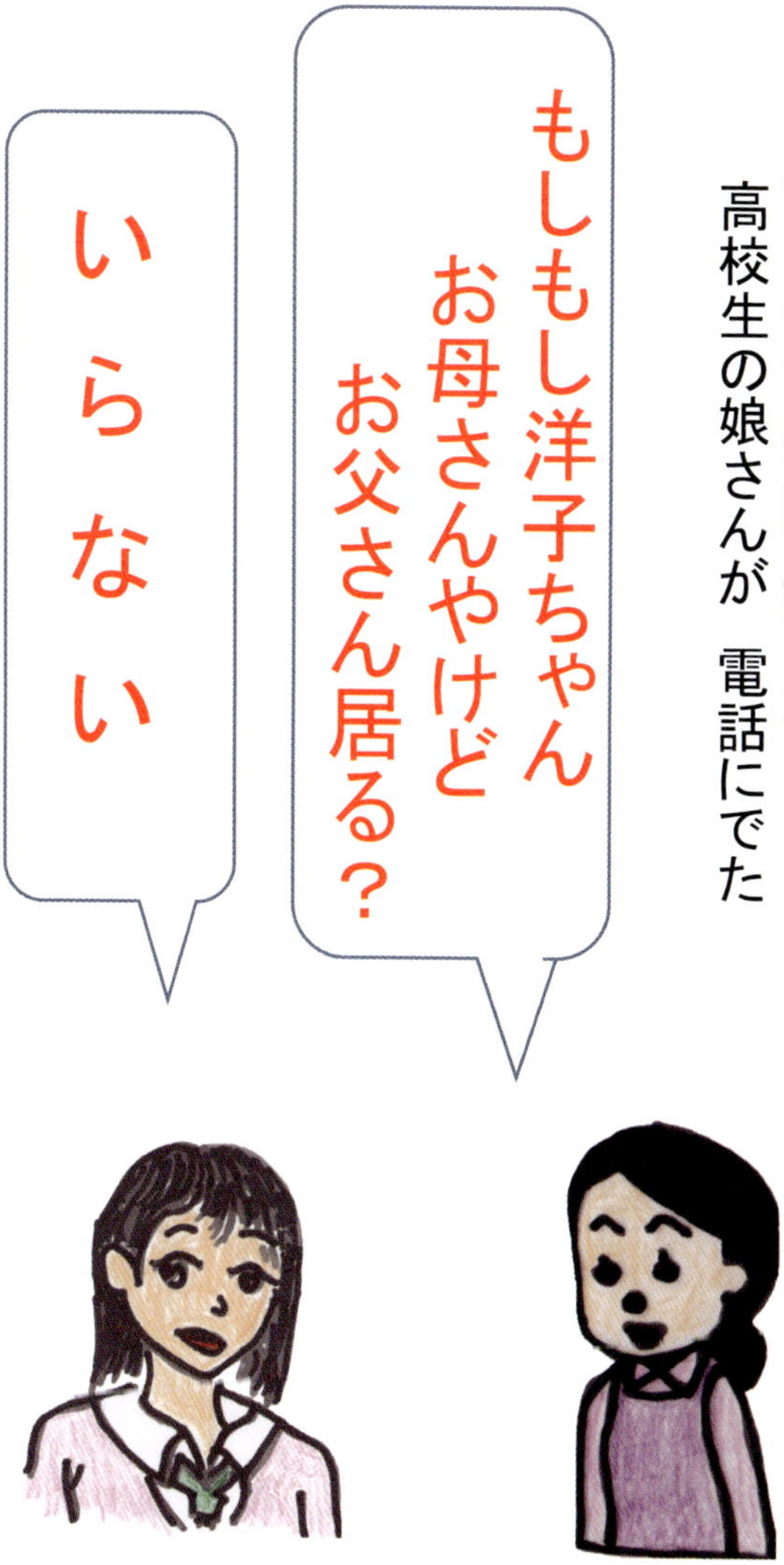
もしもし洋子ちゃん
お母さんやけど
お父さん居る？
いらない

ファックス送付

実家へ「同窓会案内状」が届いた

田舎のおふくろに
　FAXを送ってくれと頼んだら
二、三日すると大きなダンボールが来た

中を開けると、　FAXの　本体　が入っていた

お祈り

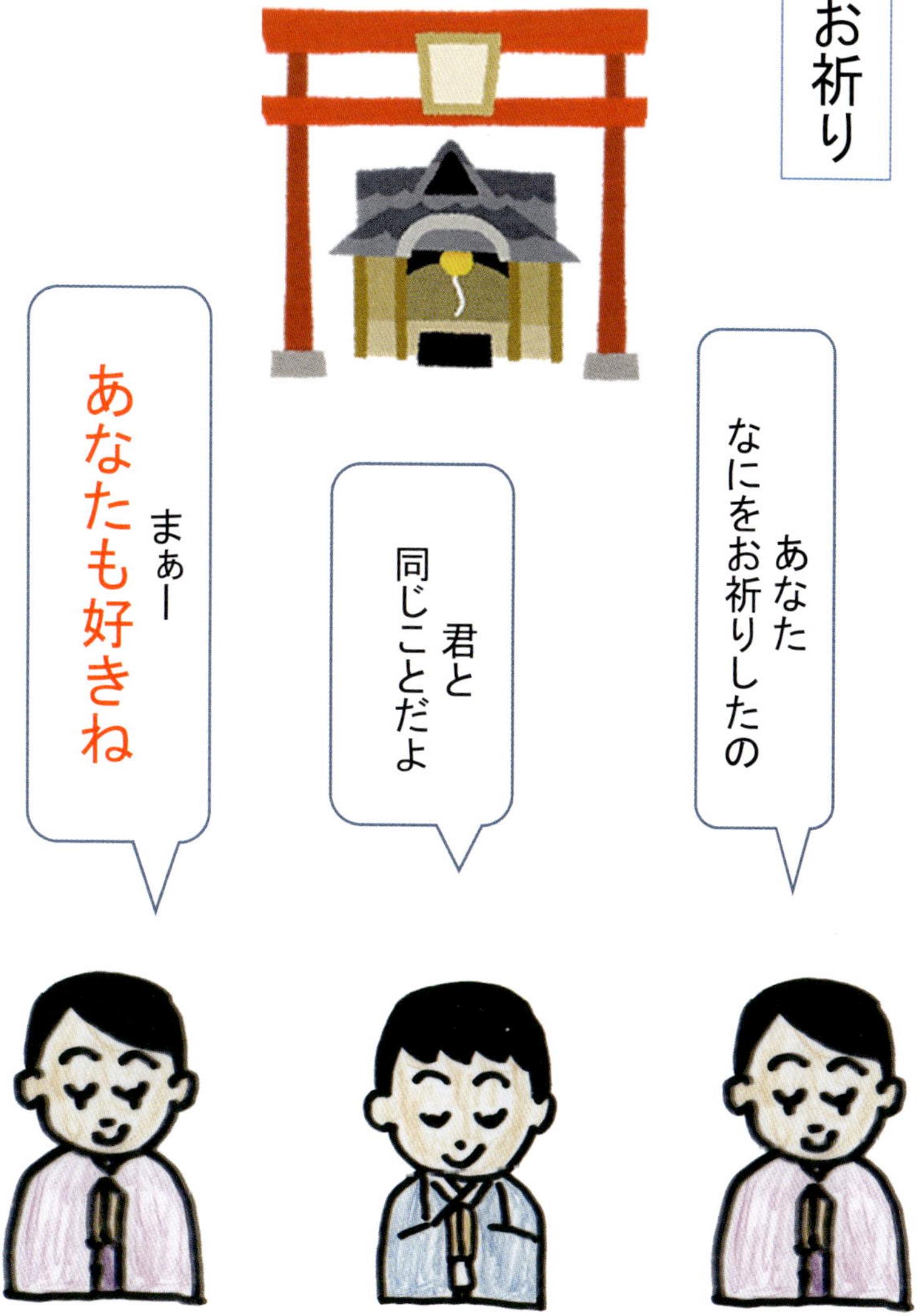
あなた
なにをお祈りしたの
君と
同じことだよ
まぁー
あなたも好きね

喫茶店

この喫茶店、なつかしいなー
君と二人でよくきたよなー

私は
初めてですよ

東京のバスガール

左手をご覧ください
一番高いのは？

中指です

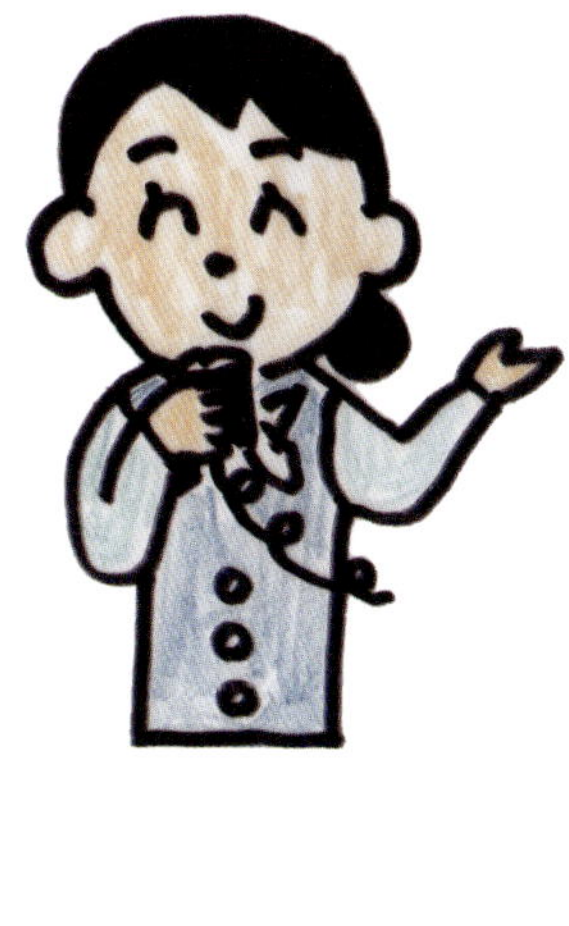

睡眠時間

(2＋2＋8)÷3 ＝ 4時間

最高のプレゼント

三人の息子が成功して母へ
プレゼント　を贈った

長男は大きな家

次男は大きな車

三男は淋しかろうと
聖書を暗記した
天才のオウムにした

数週間後に母から息子達へ
長男へは「掃除が大変」
次男へは「もう車は乗らない」
三男には「一番欲しかった物で
とても美味しかったわ」
と言う手紙が届いた

次男

長男

三男

嫁と姑

お姑さんが毎日　今日はここが痛い、　次の日はここが痛い
というので、その度にお嫁さんが　病院へ連れて行きました
それが毎日なので　さすがのお嫁さんも怒ってしまい

お母さん、いい加減にしてよ
痛くないところはないの？

あんたと居たくない

おばあさんの終活

八十歳ぐらいのおばあさんが
水泳を習いだした
「おばあさん　いまさら
なぜ水泳ですか」
するとおばあさんは
こう答えてくれました

あの世に行くためには三途の川を
渡らなければならない。
その三途の川は舟で渡ることになって
いるが、それにはたくさんの
お金がかかるそうだ。
それで、私は泳いで渡ろうと思って
泳ぎの練習をしています

この話を伝え聞いた
その家のお嫁さんは
水泳の指導員に
こう言ったそうです

すみませんが
うちのおばあさんに
ターンだけは教え
ないでください

尿検査

年取ったおばあさんが、病院で尿の検査をしていた。
尿取りコップをもらい、なんとか尿を取って、
若い看護婦さんに検査室まで
持っていってくれるよう頼んだ。

看護婦は、階段の途中でそのコップを
落としてしまい、
仕方なく自分の尿を取って渡した。

一週間後、尿検査の結果

おめでとうございます
赤ちゃんがお出来に
なりました！

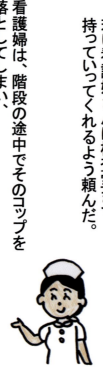

夫婦喧嘩

居酒屋で男が泣いていました

いったいどうしたんだい？

妻とケンカして、一年前から妻は実家に帰ったままなんだ…

それはそれは、悲しいね　わかるよ

悲しすぎるよ！　今日帰ってくるんだぞ　ううう

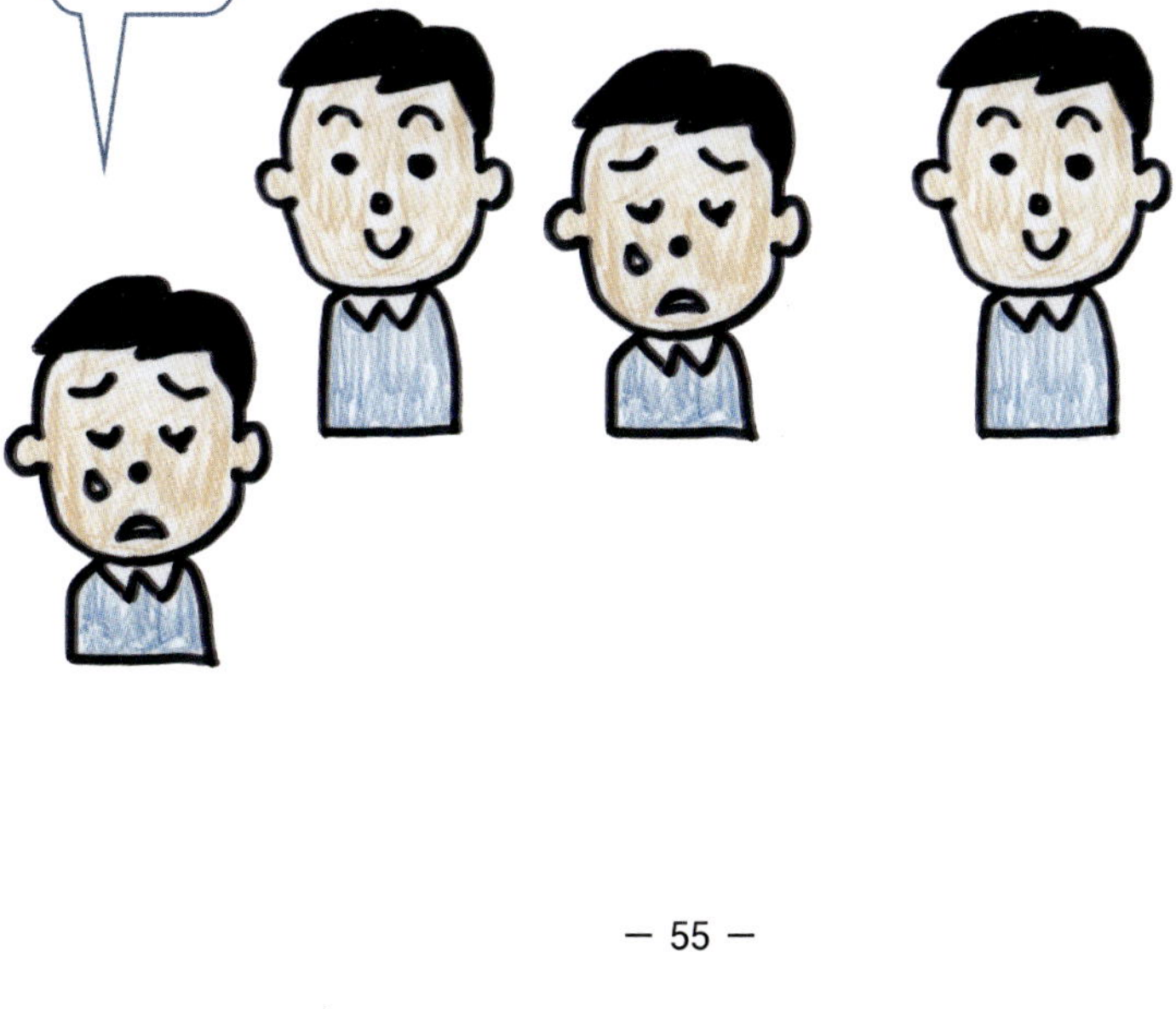

夫婦喧嘩
出て行け
はい、わかりました
では大切なものをひとつだけ
持って出て行きます
好きなものを持って行け
妻は大きな風呂敷を敷いて
あなた　ここにお座りください

手のひら

釈迦如来 と 阿弥陀如来の
見分け方を知っているかい
いや、知らないな
手のひらの所を見てみろ
指を丸めているのが 阿弥陀如来だ
指を丸めてないのが 釈迦如来だ
ああ、そうか よく、わかった
釈迦如来
阿弥陀如来

オシャカ

昔、昔
仏師が阿弥陀さんを彫って
いたが
指を彫るときに　失敗して
指を落としてしまった
それで
仕上がった時には
お釈迦さんになっていた

それから以降
物を作るときに失敗
してしまったときは
「オシャカ」になった
と言うようになったらしい

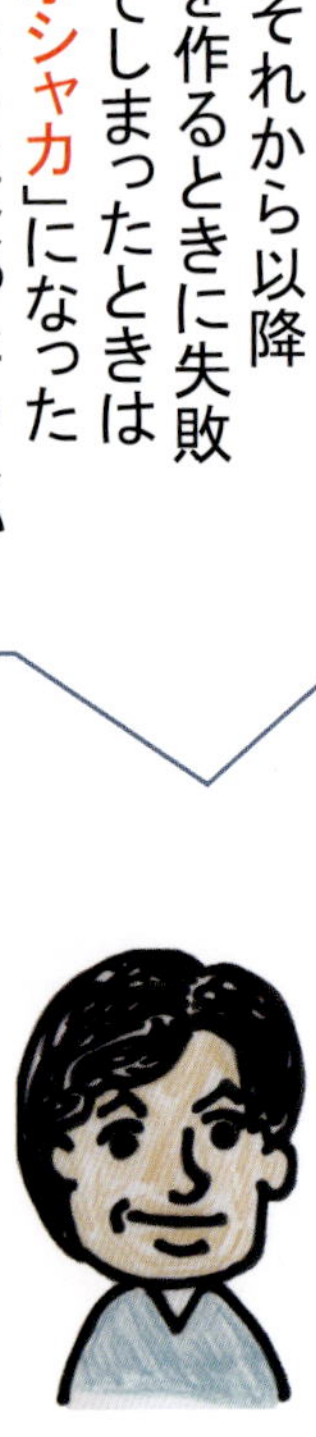

釈迦如来

阿弥陀如来

十一面観音菩薩

観音様の「右手」長く感じない！
なぜなの

（説明）
右手は「与願の印」
と言って私たちの願い事を
かなえてくれる形です
多くの仏像が長いお手を
なされている

それはね
君に幸せを授けるために
「右手」が伸びたんだよ

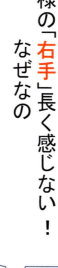

十一面観音菩薩

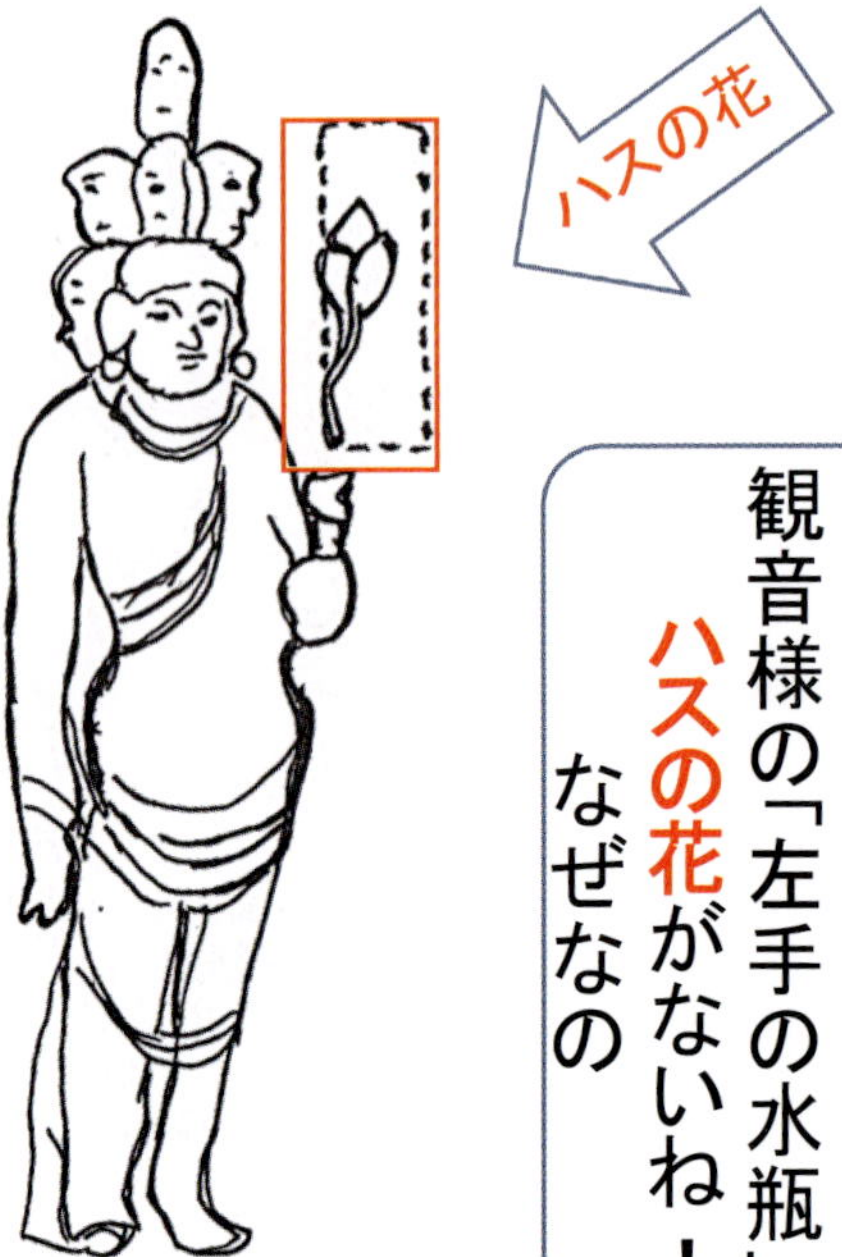

観音様の「左手の水瓶」に
ハスの花がないね！
なぜなの

（説明）
「**水瓶**」（すいびょう）の中
には、どんな願いも叶えて
くれる八功徳水の浄水が
はいっている

それはね
昔はあったんだが、石川五右衛門が多くの庶民に
「しあわせ」を配るために借りていったんだよ
だが、まだみんなに「しあわせ」が配れてないらしいんだ！
世界の人がみんな「しあわせ」になったら却って来るだろう

十一面観音菩薩

このお寺の十一面観音菩薩　美しいね

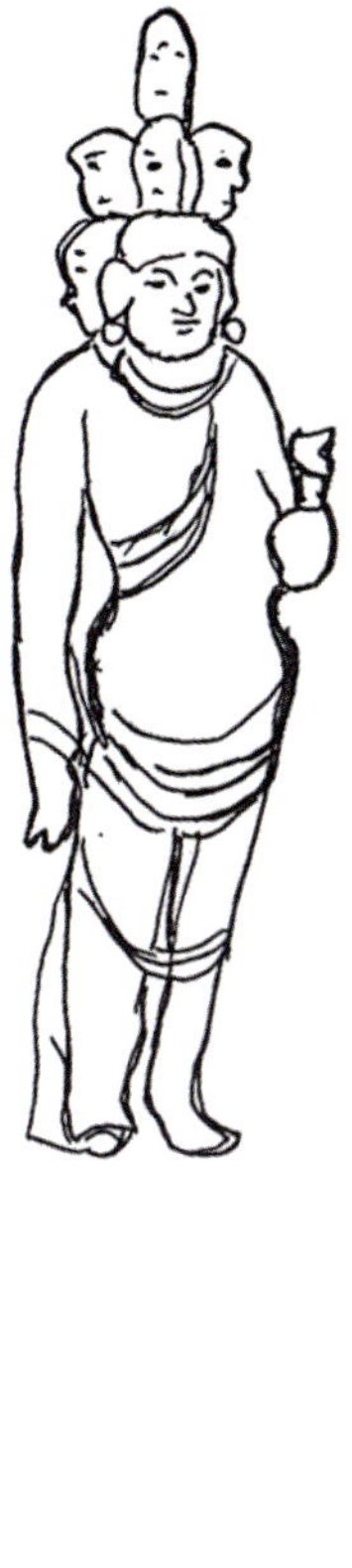

そうだね　特に、左前から見るのと
後ろ姿が美しいらしいよ
だが、君の美しさにはかなわないよ

小噺の作り方

小噺は日々経験したことや
興味を持った新聞テレビの情報に
「ユーモアのふりかけ」
をかけてノートに書き残しておくんだ
私はパワーポイントにして残しており
ます

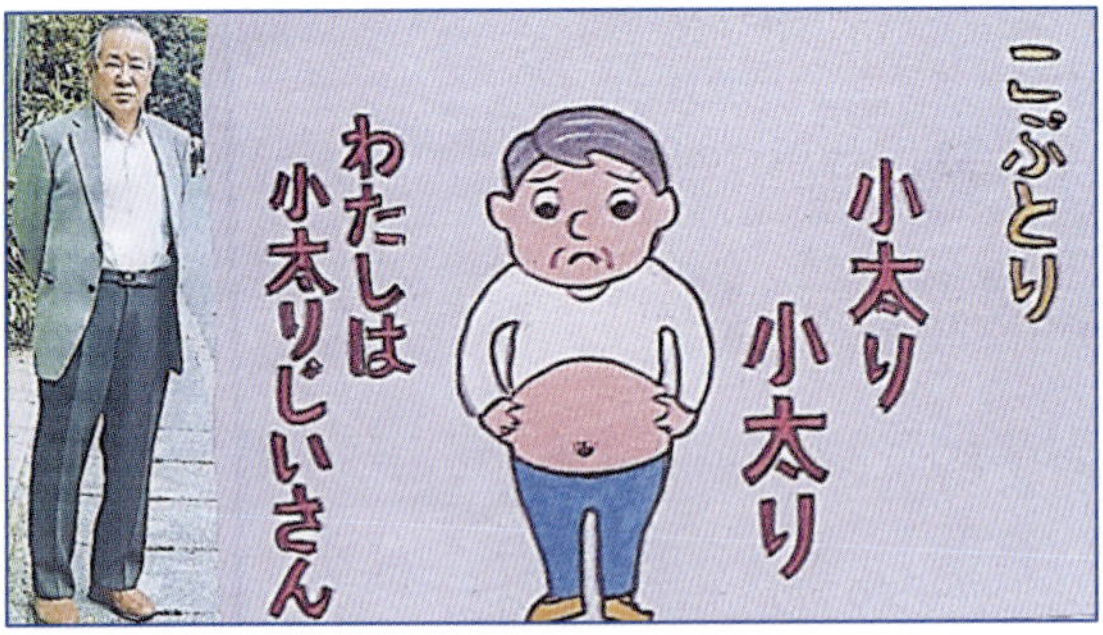

著者です

こも巻き

この写真は、彦根城のお堀端の
「こも巻き」の写真だ
僕も「こも巻き」したいな
どういうことなの
君に　夢虫（夢中）
と言う「虫」を
閉じ込めるためさ
夢虫
夢虫

デジカメで撮った写真に
「ユーモア」を振りかけて
作った小噺の例

なんのこれしき

この写真は、
リハビリセンターの前の
公園の切り株の写真だ
切株から**新芽**が出てきたぜ
「**なんのこれしき**」
たくましいだろう
頑張っているだろう
命、まだまだ
第二、第三の人生を感じるよ

デジカメで撮った写真に
「ユーモア」を振りかけて
作った小噺の例

第四章　じいさん、ばあさん

新しいカバン

ばあさんが新しいカバンを買ってきた
そして
中身を入れ替えていた

中身入れ替えたから
古いカバンは
捨てますわ
まだ底の方に
残っているぞ
思い出が

新しい花

ばあさんが
新しいパンじいを買ってきた
そして
鉢植えを植え替えていた

古いパンじいは
捨てますわ

捨てられる
しおれたパンじい
を見ていると
俺を見ているようで

さがしもの　①

じいさんが　さがしものをしている

じいさん
なにをさがしているんですか
小さな幸せ
を探しているんだ

さがしもの　②

ばあさんが　さがしものをしている

ばあさん
なにをさがしているんだい

人生の忘れ物
を探しているんですよ

駅まで送って

ばあさんが用事で　出かける時

駅まで車で
送ってくれますか

いいとも
送ってやるよ
その代わり
俺が　冥途　へ行くときは
お前が送ってくれよな

かぼちゃの受粉

じいさんが最近家庭菜園を始めた
朝早く畑へ出かける
かぼちゃの受粉は朝の九時までに
するといいらしい

じいさんは
かぼちゃの受粉をしながら
トキメクらしい
雄花を持つ手が震えるらしいぜ

雌しべ
雄花

だがなー
雄花は役目が終わると
捨てられるんだぜ

ハマチの刺身

ばあさんが
ハマチの刺身を作った

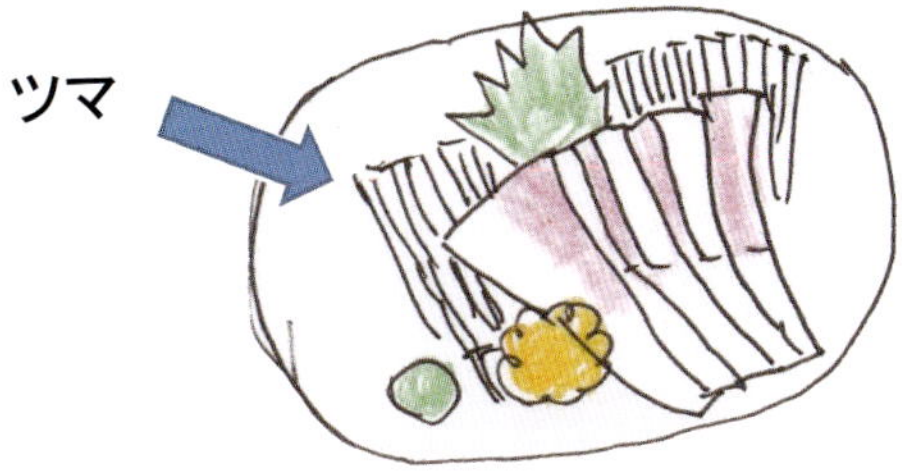
ツマ

ハマチは
いいよな
どういうことなの
いつも妻（ツマ）が
横にいるんだぜ

オムライス

ばあさんが
オムライスを作った

オムライスは いいよな
どういうことなの
君（黄身）に つつまれているだろ

あしもと

夜中にばあさんが
トイレに起きた
階段の電気をつけずに行った

電気をつけないと
足元が見えなく
つまずいてこけるぞ

そうですね　私は結婚する時も
足元を見ませんでした
あなたと結婚して　あなたにつまずき
私の人生はこけました

あなたの声

役場の窓口で「ワァワァ」
叫んでいるばあさん

なにしてるんですか

窓口の箱に
「あなたの声を
お聞かせ下さい」
と書いてますので

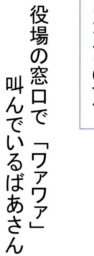

鯉の恩返し（恋の恩返し）

毎朝、池のまわりを
散歩している
〝ばあさん〟がいました
途中、立ち止まって池へ百円玉を
投げ入れていました
それを見ていたじいさんが
「何してるんですか」
〝ばあさん〟は
「鯉にえさをやってるんです」
「鯉は百円玉たべませんよ」
「だって、看板に鯉のえさ百円と
書いてますやろ」

翌朝、じいさんは
〝網〟を持って
池に来ました

今日も、ばあさんは池に百円玉を
投げ入れていました

じいさんは、池から百円を拾い上げ、
近くの〝餌屋〟で鯉のえさを
買いました

そして
池の鯉に餌を与えました
鯉は二人に感謝し喜びました

それからしばらくして
じいさんとばあさんは

池の近くの喫茶店で
モーニングコーヒーを
いっしょに飲むように
なりました

そして、じいさんとばあさんは
それぞれ
平均寿命になっていましたが
〝将来の夢〟を語り合う
ようになりました

二人に恋が芽生えました

池の鯉がとりもつ
〝恋の恩返し〟でした

しかし、

二人の恋は、あわい恋のままで
おわりました

それは

じいさんの「あそこ」は
〝有効期限切れ〟
ばあさんの「あそこ」は
〝賞味期限切れ〟
でした

イヨッ
姉さん 粋 だね
何いってんだい
帰り だよ

おあとが
よろしいようで

ボランティアで紙芝居を演じる著者

●著者紹介

津田 康洋（つだ やすひろ）

1947年　京都府に生れる
1966～2001年
　京都府、大阪府、滋賀県でサラリーマンとして勤務
2014年　滋賀県レイカディア大学地域文化学科（35期）卒業

滋賀県大津市在住

〈共著〉『人間の幸福と安全』（日本図書刊行会、1997年）

※本書で使用しているイラストやネタは、インターネットの「かわいいフリー素材集いらすとや」「読んで笑ってハッピーフロア」「お笑い芸人ネタデータベース」「世界傑作格言集」などから一部引用しています。

世界迷作《めいさく》劇場

2018年1月30日　発行

著・発行　津田康洋

発　売　サンライズ出版
〒522-0004 滋賀県彦根市鳥居本町655-1
TEL 0749-22-0627　FAX 0749-23-7720

ISBN978-4-88325-635-8